Spiel und Spaß

das ganze Jahr

Dieses Buch gehört

Rolf Krenzer

Spiel und Spaß das ganze Jahr

Geschichten · Lieder · Gedichte · Spielideen

Mit Illustrationen von Eve Jacob

Lahn-Verlag, Limburg – Kevelaer

Bibliografische Information Der Deutschen Bibliothek

Die Deutsche Bibliothek verzeichnet diese Publikation
in der Deutschen Nationalbibliografie;
detaillierte bibliografische Daten sind im Internet
über http://dnb.ddb.de abrufbar.

ISBN 3-7840-3340-7

Lektorat: Cordula Janusch
Umschlaggestaltung: Christoph Kemkes, Geldern
Schrift-/Notensatz und Reproduktion:
Kontrapunkt Satzstudio Bautzen

Halte zu mir, guter Gott

Halte zu mir, guter Gott,
heut den ganzen Tag.
Halt die Hände über mich,
was auch kommen mag.

Du bist jederzeit bei mir.
Wo ich geh' und steh',
spür' ich, wenn ich leise bin,
dich in meiner Näh'.

Gibt es Ärger oder Streit
und noch mehr Verdruss,
weiß ich doch, du bist nicht weit,
wenn ich weinen muss.

Meine Freude, meinen Dank,
alles sag' ich dir.
Du hältst zu mir, guter Gott,
spür' ich tief in mir.

Frühling

Ich stehe hier und staune

Ich stehe hier und staune
und kann es kaum verstehn:
Du schenkst uns jeden Tag so viel.
Ich kann's ja selber sehn.

Du gibst uns satt zu essen,
dass keiner Hunger hat.
Wenn einer mit dem andern teilt,
dann wird auch jeder satt.

Ich freue mich am Leben
und an dem Sonnenschein.
Für das, was Gott mir täglich schenkt,
will ich ihm dankbar sein.

So steh ich hier und staune
und lass es froh geschehn.
Du schenkst uns jeden Tag so viel.
Ich kann's ja selber sehn.

BALD IST ES NICHT MEHR KALT

Schneeflöckchen im Wald
läuten leise: Bald
wird es nicht mehr Winter sein,
denn dann zieht der Frühling ein.
Freut euch, Kinder, bald
ist es nicht mehr kalt!

Tulpen fangen dann
bald zu blühen an.
Aus dem Garten vor dem Haus
leuchtet's rot und gelb hinaus.
Freut euch, Kinder, dann
fängt der Frühling an.

Heller Sonnenschein
dringt zu dir herein.
Frühling liegt heut in der Luft,
und die Welt voll Blumenduft.
Zieht der Frühling ein,
was kann schöner sein?

Wer bleibt da im Haus?
Kommt mit mir hinaus!
Singt und lasst uns fröhlich sein
heut im Frühlingssonnenschein.
Kommt mit mir hinaus!
Lacht den Winter aus!

Wir feiern fröhlich Ostern

Text: Rolf Krenzer
Melodie: Martin Göth

2. Im Grab hat er gelegen.
Davor ein großer Stein.
Wir wussten nicht mehr weiter
und waren so allein.
Doch was mit unserm Herrn geschah,
Gott war doch immer da.

3. Am hellen Ostermorgen,
da war sein Grab dann leer.
Der Stein war fort. Und Jesus,
ihn fanden wir nicht mehr.
Doch was mit ihm im Grab geschah,
Gott war doch immer da.

4. Er trat in unsre Mitte.
Da konnten wir ihn sehn
und konnten dieses Wunder
mit einem Mal verstehn.
Denn was mit Jesus auch geschah,
Gott war doch immer da.

Herrn Hoffmanns Hut

An einem stürmischen Sonntag im Herbst ging Herr Hoffmann mit seiner Frau spazieren. »Frische Luft tut immer gut!«, hatte Herr Hoffmann gesagt. So war es trotz des Windes ein schöner Spaziergang geworden. Als sie aber kurz vor ihrem Gartentürchen waren, riss ein besonders starker Windstoß Herrn Hoffmann den Hut vom Kopf.

»Haltet ihn! Haltet ihn!«, rief Herr Hoffmann und rannte hinter seinem Hut her. Der Hut wurde von dem Wind über den Zaun in Hoffmanns Garten geblasen. Frau Hoffmann öffnete schnell die Gartentür, doch der Hut flog schon weiter. Herr und Frau Hoffmann liefen hinter dem Hut her. Fast hätte Frau Hoffmann ihn erwischt, da war er schon wieder weg. Sie rannten und rannten, aber der Hut war schneller. Zuletzt sahen sie ihn überhaupt nicht mehr. Sie suchten überall im Garten. Doch der Hut blieb verschwunden.

»Dann muss ich mir eben einen neuen Hut kaufen!«, meinte Herr Hoffmann und gab endlich die Suche auf. Aber seltsam kam ihm die Sache doch vor. Der Herbst ging vorbei und der Winter kam. Nach Weihnachten kam Neujahr, nach Neujahr Fasching. Endlich zog der Frühling in das Land.

Einmal war es so warm, dass Herr und Frau Hoffmann im Garten ihren Kaffee trinken konnten. Plötzlich schrie Frau Hoffmann auf und zeigte auf den großen Baum neben dem Haus. »Schau doch einmal, Herbert!«, rief sie. »Schau einmal zu dem rechten dritten Ast!«

Herr Hoffmann schaute und entdeckte ein Vogelnest. »In dem Baum nisten doch oft Vögel!«, meinte er. Aber Frau Hoffmann rief: »Schau einmal ganz genau!« Da sah Herr Hoffmann, dass das Vogelnest gar kein richtiges Vogelnest war. Es war sein Hut, der ihm im Herbst fortgeflogen war. Ein Vogelpärchen hatte den Hut als Nest verwendet. Jetzt zog es dort seine Jungen auf. Herr Hoffmann lachte, dass ihm der Bauch wackelte. Dann lief er ins Haus hinein und holte seinen Fotoapparat.

Das Märchen vom Gänseblümchen

Als einst vor langer Zeit Gott die Welt erschaffen hatte mit den Blumen und Tieren, mit den Bergen und Tälern, der Sonne und den Sternen, da freute er sich, weil die Welt so schön geworden war. Und als er die Blumen und die Tiere, die Berge und die Täler, die Sonne und die Sterne fragte, ob sie sich auch freuten, da nickten alle. Nur ein einziges Blümchen weinte ganz still vor sich hin. So leise es auch weinte, Gott hörte es doch. So beugte er sich tief hinunter zu dem Blümchen und fragte, warum es weine. Da schämte sich das Blümchen so, dass es ein bisschen rot anlief. Aber wirklich nur ein ganz kleines bisschen. Gott sagte ihm nämlich sogleich, dass es sich nicht zu schämen brauche und dass es ihm doch seinen Kummer erzählen solle. Er werde ihm zuhören.

Da dankte das Blümchen Gott dafür, dass er es so wunderschön geschaffen hatte, winzigklein, aber mit einem grünen Stiel und grünen Blättern, mit weißen Blütenblättern und einem goldgelben kleinen runden Kissen in der Mitte.

»Ich freue mich jeden Tag so sehr, dass die Sonne scheint!«, sagte das Blümchen. »Es gibt nichts Schöneres auf der Welt! Und ich schaue der Sonne nach, solange ich nur kann.«

Ganz traurig senkte es dann das Köpfchen und fügte leise hinzu: »Aber wenn die Sonne hinter den Bergen untergeht und es dunkel wird, dann habe ich solche Angst, dass ich fast sterbe.«

»Nachts leuchtet doch der Mond!«, sagte Gott. »Und so viele Sterne habe ich geschaffen, dass die Nacht keinen erschrecken kann!«

»Du hast Recht!«, flüsterte das Blümchen bescheiden.

»Dann hast du jetzt auch nachts keine Angst mehr!«, sagte Gott. Aber das Blümchen antwortete: »Doch!«
Da blickte Gott das winzige Blümchen mitleidig an und sagte so lieb, wie nur Gott zu seinen Geschöpfen sprechen kann: »Ich bin doch bei dir! Auch mitten in der dunklen Nacht!«
»Es ist so dunkel, dass ich dich nicht sehen kann!«, antwortete das Blümchen mit zitternder Stimme. »Meine Angst ist dann so groß, dass ich dich nachts vor Angst nicht sehe.«
»Du musst mich nicht in der Nacht suchen, nicht in der Dunkelheit!«, sagte Gott und lächelte gütig. »Du musst die Augen zumachen und ganz fest daran denken, dass ich bei dir bin und du keine Angst zu haben brauchst!«
»Hmhm«, brummelte das Blümchen leise und wackelte ein wenig mit seinem Köpfchen. Es spürte ja so sehr, wie gut Gott zu ihm war. Aber trotz allem, Gott musste doch wissen, dass Blumen nicht ihre Augen schließen können.
In diesem Augenblick ging gerade die Sonne wieder hinter den Bergen unter. »So, nun versuche es einmal«, sagte Gott leise. »Schließe deine Augen!« Und wirklich! Das Blümchen legte seine weißen Blütenblätter ganz eng über dem goldgelben kleinen runden Kissen in der Mitte zusammen und staunte über das, was es tat. Es hatte ja überhaupt nicht gewusst, dass es das konnte.
»Siehst du mich?«, hörte es Gottes Stimme.
Da nickte das Blümchen nur. Sprechen konnte es nicht. So glücklich war es. Bis zum heutigen Tag ist das Gänseblümchen eine der bescheidensten, aber auch der schönsten Blumen.

DER PECHTAG

»Heute ist mein Pechtag!«, sagte die alte Frau, als ihr der Zug vor der Nase wegfuhr. Eigentlich wollte sie heute in die Stadt fahren und sich eine neue Lesebrille kaufen, weil sie ihre alte verloren hatte. Acht Tage lang hatte sie überall gesucht. Dann hatte sie es endlich aufgegeben. Die Brille hatte sie lieb gewonnen und es tat ihr Leid, dass sie nun eine neue kaufen musste. Als sie nach Hause kam und die Haustür öffnete, fiel der große Blumentopf mit Gepolter von der Fensterbank im Wohnzimmer herunter.

»Heute ist mein Pechtag!«, sagte die alte Frau und zog schnell ihren Mantel aus. Dann kehrte sie die Erde zusammen. Zum Glück war der Topf nicht kaputt. Da konnte sie ihn wieder auf die Fensterbank stellen. Dabei bemerkte sie, dass sie vergessen hatte, das Fenster zu schließen. »Heute ist mein Pechtag!«, sagte die alte Frau. »Jeder Einbrecher wäre leicht durch das offene Fenster in die Wohnung gekommen, wenn ich in der Stadt gewesen wäre!«

Als sie in das Badezimmer ging, spritzte Wasser aus der Waschmaschine. »Heute ist mein Pechtag!«, sagte die alte Frau. »Ausgerechnet heute geht die Waschmaschine kaputt. Wenn ich in der Stadt gewesen wäre, wäre das Wasser in die ganze Wohnung gelaufen!« Sie stellte schnell die Waschmaschine ab und lief zum Telefon und bestellte den Kundendienst. Dann räumte sie die schmutzige Wäsche aus der Waschmaschine heraus. Sie legte alles vorsichtig zurück in den großen Wäscheeimer. Dabei fiel ihr die blaue Schürze aus der Hand.

»Heute ist mein Pechtag!«, sagte die alte Frau und bückte sich, um die Schürze aufzuheben. Als sie die Schürze in den Eimer legen wollte, merkte sie, dass noch was in der Schürzentasche war. »Heute ist mein Pechtag!«, sagte die alte Frau. »Da hätte ich doch beinahe etwas in der Waschmaschine mitgewaschen, das gar nicht gewaschen werden soll.« Wie staunte sie aber, als sie in die Schürzentasche hineingriff! Zuerst wollte sie es gar nicht glauben. Aber dann sah sie es mit eigenen Augen: Da war ihre Lesebrille!

Jetzt klingelte es an der Tür. Als die alte Frau öffnete, brachte ihr der Postbote ein großes Paket von ihrer Tochter. »Eigentlich wollte ich in die Stadt fahren«, sagte die alte Frau zu dem Postboten. »Dann hätten Sie mich nicht angetroffen!«

»Da haben sie ja Glück!«, meinte der Postbote. »Sonst hätten Sie sich das schwere Paket selbst auf der Post abholen müssen!«

Dann kam der Kundendienst und reparierte die Waschmaschine. Am Nachmittag setzte sich die alte Frau ihre Lesebrille auf und sagte: »Heute ist mein Glückstag! Ich habe ein Paket bekommen. Die Waschmaschine ist repariert. Ich konnte das Fenster noch rechtzeitig schließen. Der Blumentopf ist nicht kaputt. Und ich habe meine Lesebrille wieder. Ja. Heute ist mein Glückstag!«

Sag, Häschen, wo hast du die Eier versteckt?

Text: Rolf Krenzer
Melodie: Martin Göth

2. Ach, Häschen, ich habe dir so sehr vertraut
und extra ein Nestchen im Garten gebaut
aus Gras und aus Moos,
nicht zu klein, nicht zu groß.
Was willst du noch mehr?
Doch mein Nestchen ist leer.
Ach, Häschen, ich bitte dich,
sag, wo sind die Eier für mich?

3. Ach, Häschen, am End'
hab' ich dich noch erschreckt!
Vielleicht hast du sie ja noch gar nicht versteckt!
Sag, bin ich zu früh?
So was weiß man ja nie!
Es schlafen im Haus
sich die andern noch aus.
Ach, Häschen, ich bitte dich,
sag, wo sind die Eier für mich?

4. Ach, Häschen, ich such' jetzt kein einziges Ei!
Ich komm nach dem Frühstück erst wieder vorbei.
Da im Nest und im Gras,
Kinder, ist das ein Spaß!
Ich finde noch mehr.
Und mein Körbchen wird schwer!
Ach, Häschen, ich danke dir!
Nun freuen sich alle mit mir.

Wenn du den Osterhasen siehst

Wenn du den Osterhasen siehst,
dann grüße ihn von mir.
Sag ihm, ich hab ein Nest gebaut
gleich bei der Gartentür.
Und sag ihm auch, dass morgen früh
schon wieder Ostern ist,
damit er mich beim Eierlegen
morgen nicht vergisst!

Häschen, bring mir Ostereier

Häschen, bring mir Ostereier!
Häschen, ach. Ich bitt' dich sehr!
Häschen, ohne Ostereier
mag ich Ostern nicht so sehr.

Mittendrin im Gras

Mittendrin im Gras
sitzt ein kleiner Has',
wackelt mit dem Schwänzchen,
tanzt ein Hasentänzchen,
putzt den Bart
und schon –
hoppelt er davon.

Eine dicke Raupe

Eine dicke Raupe
kriecht von Blatt,
lässt es sich gut schmecken,
frisst sich richtig satt.

Einmal wird die Raupe
satt und müde sein,
spinnt sich ein im Häuschen
und schläft darin ein.

Aus der fetten Raupe,
klein und so gering,
wird, wenn sie erwacht,
ein bunter Schmetterling.

Fliege, kleiner Falter,
du bist wunderschön!
Alle stehn und staunen,
wenn sie dich jetzt sehn.

Ich breit' beide Arme
weit, so weit jetzt aus.
Seht nur her, ich fliege
in die Welt hinaus.

Seid behutsam, Leute,
rührt mich ja nicht an!
Gott will, dass ein jedes Tier
sein Leben leben kann.

Einer spielt die Raupe und geht im Kreis herum und »knabbert« die Mitspieler an.
Wer angeknabbert wurde, hängt sich hinten an, so dass eine ganz lange Raupe entsteht.
Dann spielen wir all das, was in den Strophen des Liedes erzählt wird.

SO EINER WAR THOMAS

Heute haben wir Thomas beerdigt. Das ganze Dorf ist mitgegangen. Viele haben Blumen mitgebracht. Und die Kränze trugen alle leuchtende Blumen, gelbe und weiße, blaue, rote und violette.
Mit sechs Jahren ist Thomas gestorben. Jeder im Dorf hat ihn gekannt, vielleicht besser als den Bürgermeister und den Pfarrer.
»Er war immer froh, obwohl er so krank war!«, sagt Schwester Ilse aus der Klinik in Göttingen. Dass Thomas eine geistige Behinderung hatte, das wussten alle im Dorf. Er hatte erst spät angefangen, überhaupt etwas zu sprechen. Aber lachen konnte Thomas! Und er freute sich mit jedem, dem er begegnete. Später lernte er sogar auf dem Dreirad zu fahren. »Wirklich, dann glaubte man gar nicht, dass er eine so schwere Behinderung hatte!«, sagte der Briefträger und lächelte ein bisschen, als er sich daran erinnerte.

»Im letzten Jahr hat er immer bei uns die Milch geholt«, erzählt Frau Scheibner. »Die Milchkanne hatte er an der Lenkstange hängen. Er fuhr sehr vorsichtig. Nicht einen einzigen Tropfen hat er verschüttet. Und oft hat er mir Blümchen mitgebracht.
Manchmal war es auch nur ein Gras oder ein Unkraut, das er auf dem Weg zu uns gefunden hatte. Aber er schenkte es mir mit so viel Freude, dass ich sein Geschenk gerne angenommen habe. Ich habe ihm zuliebe sogar das Unkraut in die Blumenvase gestellt!«, sagt sie.
»Er hat immer bei uns das Brot geholt«, sagt der alte Bäcker Martens. »Und er war nicht zufrieden, wenn man ihn einfach nur so bediente. Ich musste immer um die Theke herumkommen und ihm die Hand geben. Ohne das ging es nicht!«

Jetzt ist es fast acht Monate her, dass Thomas an Leukämie erkrankte. Seine Mutter sagt: »Ja, es war richtig, dass wir ihn nach Hause genommen haben. Über zwei Monate lang haben wir ihn noch bei uns haben dürfen. Und seine Fröhlichkeit ist zurückgekommen. Und immer dieselben Kassetten hat er gehört, besonders das Lied vor der dicken Raupe. Dann hat er gespielt, wie sich die dicke Raupe in einen Schmetterling verwandelt. ›Gleich fliege ich‹, hat er gesagt und seine Arme weit ausgebreitet.«

»Was Sie für den kleinen Thomas alles getan haben!«, sagt Frau Krüger, die Nachbarin.

»Was Thomas für uns getan hat …«, sagt der Vater leise. »Obwohl er so krank war, hat er uns getröstet, wenn wir traurig waren.«

So einer war Thomas.

Heute haben wir Thomas beerdigt. »Ich bin so glücklich, dass so viele Blumen auf seinem Grab sind«, sagt der Vater. »Thomas hatte Blumen so gern. Deshalb haben wir ihn immer Tommy Tulpe genannt.«

»Er hat ein Licht in uns angezündet«, hat der Pfarrer bei der Beerdigung gesagt. »Ein Licht auf unserm Weg.«

»Ja, so einer war Thomas!«, sagt seine Mutter.

Mir kann nichts geschehen

Weich und warm ist Muttis Arm,
da bin ich ganz geborgen.
Ich schmieg' mich an,
so fest ich kann,
und fort sind meine Sorgen!

Vatis Hand vertraut, bekannt.
Wenn wir zusammenstehen,
fass ich ihn an,
so fest ich kann,
dann kann mir nichts geschehen!

Gott ist da,
mir immer nah,
kann ich ihn auch nicht sehen.
Er ist bei mir
und immer hier.
Was kann mir da geschehen?

Wer hat heute schlechte Laune?

»Wer hat heute schlechte Laune?«, fragt Frau Hering und sieht sich um. »Ich«, ruft Peter und macht ein mürrisches Gesicht.
»Ich auch«, sagt Gaby. Am liebsten möchte sie gleich losheulen. Ulrike und Willi haben auch schlechte Laune. Und Max und Lisa haben sich vorhin geprügelt. Jetzt sitzen sie weit auseinander und schauen sich nicht mehr an.
»Wer hat denn heute gute Laune?«, fragt Frau Hering nun. Viele melden sich. Einige müssen sogar laut lachen. Aber Max stemmt die Arme in seine Hüften und schreit: »Ich bin sauer!« Ja, er sieht so sauer aus, dass man richtig Angst vor ihm kriegen kann. Andreas rückt ein bisschen von ihm ab. »Wie sauer bist du?«, fragt Frau Hering. »Sauer wie ein ...«, Max überlegt, was er sagen soll.
»Na?«, fragt Frau Hering.
»Sauer wie ein saurer Hering!«, schreit Max.
»Ich bin aber doch gar nicht sauer!«, sagt Frau Hering und lacht.
»Die Frau Hering ist doch kein saurer Hering!«, ruft Silke und lacht auch. Da müssen die andern mitlachen. Sogar die, die heute schlechte Laune haben, müssen lachen. Und Max? Er kann nicht anders. Er merkt erst jetzt, was er für einen Witz gemacht hat. Er lacht und lacht und sieht auf einmal, dass Lisa sich wieder neben ihn gesetzt hat. »Du machst Witze!«, prustet Lisa und stößt ihn in die Seite. »Wer jetzt noch schlechte Laune hat, darf auf seinem Stuhl sitzen bleiben!« sagt Frau Hering. »Alle anderen kommen zu mir. Wir spielen ›Hänschen, piep mal!‹ miteinander.«
Schon rennen alle los. Und Max und Lisa sind die allerersten. Seltsam, auf einmal hat keiner mehr schlechte Laune.

Sommer

Es weht um unsre Erde

Text: Rolf Krenzer
Melodie: Robert Haas

2. »Ich werde immer bei euch sein,
könnt ihr mich auch nicht sehn.
Ich bin bei Gott! Das werdet ihr
auch nach und nach verstehn!«
Refrain: Es weht um unsre Erde ...

3. Noch ahnten seine Freunde nicht,
was dann mit ihm geschah.
Sie sahn sich um und suchten ihn,
doch er war nicht mehr da.
Refrain: Es weht um unsre Erde ...

4. Sie lernten Jesus nach und nach
mit ihrem Herzen sehn.
Und Gottes Geist kam über sie,
dass sie es auch verstehn.
Refrain: Es weht um unsre Erde ...

5. Seit Pfingsten weiß ein jeder Christ,
was Gott verspricht und hält,
und Gottes frohe Botschaft geht
seitdem in alle Welt.
Refrain: Drum weht um unsre Erde ...

Ein Lied für die Sonne

Ein Lied für die Sonne,
die strahlende Schwester.
Sie bringt uns das Licht und den Tag.
Drum will ich dich loben,
mein Herr und mein Höchster,
so gut ich es selber vermag.

Ein Lied für die Sterne,
den Mond, meinen Bruder.
Du hießest sie leuchten für mich.
Du schenktest dem Himmel
unendliche Schönheit.
Mein Herr, dafür preise ich dich!

Dem Wind, meinem Bruder,
will freudig ich singen,
der Luft, die frei atmen mich lässt.
Ich danke dir, Herr, für
den Wind, meinen Bruder,
der mir durch die Haare jetzt bläst.

Ein Lied für das Wasser,
die freundliche Schwester,
die alles, was Leben hat, tränkt.
Ein Lied für das Feuer,
den leuchtenden Bruder,
der Wärme und Zuversicht schenkt.

Ein Lied für die Erde,
die Schwester, die Mutter,
die uns stets ernährt und erhält.
Ich danke dir, Schöpfer,
für Früchte und Blumen,
und diene dir, Herr, in der Welt.

Ein Lied für das Leben,
den Bruder, den Vater.
Du stelltest mich mitten hinein.
Ich wache und schlafe,
ich denke und träume
und fühle mein eigenes Sein.

Ein Lied für den Bruder
am Ende des Lebens.
Ein Lied meinem Bruder, dem Tod.
Er nimmt Hast und Angst weg,
schenkt Ruhe und Frieden
und führt mich zu dir, großer Gott.

Ich lobe und preise
und danke und diene
so recht und so schlecht ich's vermag.
Ich singe dem Höchsten,
dem Herrn, meinem Schöpfer,
voll Demut mein Lied Tag für Tag.

Das war ein Geburtstag

Nicole hat im Juni Geburtstag. Sie hat ihre Freundinnen zur Geburtstagsfeier eingeladen.

»Das war vielleicht ein Geburtstag!«, erzählt Christine ihrer Mutter, als sie endlich nach Hause kommt. »Sie haben da im Garten eine kleine Terrasse. Die hat Nicoles Vater selbst gebaut. Dort haben sie Stühle und einen Tisch aufgestellt. Weißt du, nicht so richtige Stühle. Nein, sie haben einen dicken Baumstamm in kleine Stücke zersägt. Und das waren dann richtige gemütliche Baumstühle. Und ein richtiger Tisch war das auch nicht. Sie haben einfach ein dickes Brett auf Baumstämme gelegt. Aber das kann ich dir sagen, Mutti, ein solcher Tisch ist prima. Da braucht man kein Tischtuch. Man kann kleckern und Kakao verschütten und anschließend putzt man mit dem Lappen alles weg. Schon siehst du nichts mehr davon!« – »Hast du denn gekleckert?«, fragt die Mutter. – »Nein, das war doch nur, als wir Erdbeeren im Garten gepflückt und daraus Erdbeermus gemacht haben. Und dabei hat Karin nicht ganz richtig aufgepasst. Und das mit dem Tisch war überhaupt nicht schlimm. Und das mit ihrem weißen Kleid auch nicht. Als die ganze Erdbeermatsche in ihrem Schoß lag, hat sie es ausgezogen. Und Frau Berkhan hat das Kleid gleich gewaschen. Dann haben wir es im Garten aufgehängt. Und jetzt ist es schon längst wieder trocken.«

»Und was hat Karin angezogen, als ihr Kleid gewaschen wurde? Sie ist doch ein ganzes Stück größer als Nicole. Da hat Frau Berkhan doch bestimmt nichts für sie gehabt.« Christine wundert sich über ihre Mutter. Wie dumm doch manchmal Erwachsene sind!
»Es war doch so warm! Da brauchte sie doch überhaupt kein Kleid. Und der Schlüpfer und ihr Unterhemd waren ja nicht nass. Da haben wir einfach auch alle unsere Kleider ausgezogen. Und ehrlich, Mutti, keiner von uns hat sich mehr mit Erdbeermatsche beschmiert!«

»Aber irgendwie kommt mir dein Pulli so schwarz vor«, sagt jetzt die Mutter und betrachtet ihre kleine Tochter misstrauisch.
»Das war doch viel später! Da hatten wir schon längst alles wieder angezogen, weil es ein bisschen kühler geworden war. Und da hat doch Nicoles Vater die Würstchen auf dem Grill im Garten gegrillt. Und weil wir keinen Grill haben, wollte ich unbedingt helfen. Außerdem hat die Frau Berkhan gesagt, dass das Schwarze ganz leicht wieder rausgeht. Es ist ja nur ein bisschen natürlicher Schmutz!«
Die Mutter nimmt ihre kleine Tochter in den Arm und drückt sie ganz fest.
»Es hat also meinem natürlichen Schmutzfink heute gut beim Geburtstag gefallen?«, fragt sie leise.
Ganz glücklich, aber auch ein ganz bisschen traurig sagt Christine: »Es war wunderschön! Warum habe ich nur im Winter Geburtstag?«

WIR FEIERN HEUTE SOMMERFEST

Text: Rolf Krenzer
Melodie: Martin Göth

2. Wir laden euch heut alle ein,
beim Sommerfest dabei zu sein,
beim Fest, beim Fest,
bei unserm Sommerfest.

3. Wir singen heut ein Sommerlied.
Da singen alle Leute mit
beim Fest, beim Fest,
bei unserm Sommerfest.

4. Wir tanzen rundherum im Kreis,
dann wird es uns so richtig heiß
beim Fest, beim Fest,
bei unserm Sommerfest.

5. Damit ein jeder fröhlich lacht,
wird überall viel Spaß gemacht
beim Fest, beim Fest,
bei unserm Sommerfest.

6. Wer hungrig ist, kriegt eine Wurst
und Limonade für den Durst
beim Fest, beim Fest,
bei unserm Sommerfest.

7. Und außerdem, wie jeder weiß,
gibt es für alle Kinder Eis
beim Fest, beim Fest,
bei unserm Sommerfest.

8. Beim Wettkampf und beim großen Spiel
gibt's Preise. Da gewinnt man viel
beim Fest, beim Fest,
bei unserm Sommerfest.

DANK FÜR DIE BLUMEN

Dank für die Blumen, die um uns blühen.
Dank für die Wolken, die über uns ziehen.
Dank für die Butter und Dank für das Brot.
Dank, dass wir satt werden, guter Gott!

Dank für die Spatzen, die draußen lärmen.
Dank für die Mücken, die uns umschwärmen.
Dank für die Sonne, für Regen und Wind.
Dank, dass wir alle zufrieden sind.

Dank für den Kuchen und für die Torte.
Dank für die lieben und guten Worte.
Dank sagen Vater und Mutter und Kind.
Dank, dass wir heute zusammen sind.

Die Geschichte vom Kind, das immer lachen musste

»Du bist albern!«, sagte die Mutter zu dem Kind und blickte ein bisschen ärgerlich aus dem Fenster. »Draußen regnet es in Strömen! Da werden wir patschnass, wenn wir jetzt gehen müssen.«

Da lachte das Kind wieder und meinte: »Vielleicht regnet es so sehr, dass wir überhaupt nicht gehen können. Dann brauchen wir heute auch nicht zum Zahnarzt!«

»Wir haben einen Termin!«, sagte die Mutter und seufzte. Dann holte sie die Stiefel und den Regenmantel für das Kind herbei.

Als das Kind den Regenmantel sah, musste es wieder lachen. Da waren nämlich noch dicke Schmutzstreifen von gestern darauf. Gestern hatte es nämlich auf der Straße Pfützenspringen geübt. Das sah man heute dem Regenmantel immer noch an. Die Mutter seufzte und schrubbte so lange an dem Regenmantel mit Wasser herum, bis er sauber war. Als das Kind den Regenmantel anzog, musste es wieder lachen. »Jetzt ist der Mantel schon nass, und wir sind noch nicht einmal draußen im Regen!«

Da zog die Mutter auch ihren Mantel an, nahm den Schirm und ging mit dem Kind hinaus. Unterwegs musste das Kind immer wieder lachen. Es lachte, weil die Autos so spritzten, dass die Fußgänger empört zur Seite sprangen. Es lachte, weil ihm ein dicker Regentropfen mitten auf die Nase gefallen war und es dort kitzelte. Es lachte, weil es mit seinem Mund Regentropfen fangen konnte. »Mach das auch mal!«, sagte es zu seiner Mutter. »Das macht Spaß!« Jetzt musste auch die Mutter lachen.

Und obwohl sie es eilig hatte, blieb sie stehen und guckte zu, wie das Kind die Regentropfen mit dem Mund fing. »Du bist wirklich albern!«, lachte sie dann und zog das Kind hinter sich her.
Beim Zahnarzt im Wartezimmer musste das Kind wieder lachen. Dort, wo die Leute ihre Regenmäntel ausgezogen und wo sie ihre Regenschirme hingestellt hatten, war nämlich eine Riesenpfütze. Das platschte richtig, als das Kind mit seinen Gummistiefeln hineintrat.

Es waren viele Leute im Wartezimmer. Da dauerte es lange, bis das Kind endlich mit seiner Mutter zum Zahnarzt konnte. Aber dem Kind war es nicht langweilig. Es stand am Fenster und lachte über die vielen bunten Schirme, die es unter sich sah. Von den Leuten sah es fast nichts. Nur die Beine und Füße, die unter den Schirmen trippelten. Es freute sich auch, als es einen dicken Käfer auf dem Fensterbrett entdeckte. Er hatte hier ein trockenes Plätzchen gefunden.
Als später dann der Zahnarzt in seinen Mund guckte, musste es wieder lachen, weil der Zahnarzt ein so ulkiges Gesicht machte.
»Du bist aber ein fröhlicher Patient!«, sagte der Zahnarzt.
»Das Kind ist albern!«, meinte die Mutter.
»Solche fröhlichen Patienten habe ich gern!«, sagte der Zahnarzt und lachte auch.
Als er dann den Bohrer holte, lachte das Kind nicht mehr. »Es tut nicht weh!«, sagte der Zahnarzt. »Es ist nur ein winziges Loch! Da machen wir eine kleine Füllung!«
Da musste das Kind schon wieder lachen, aber nur ein bisschen.
Als es aber dann darauf wartete, dass es jetzt doch weh tun würde, da lachte der Zahnarzt: »Du bist schon fertig!«

Da musste das Kind aber lachen. Es hatte ja gar nicht bemerkt, dass der Zahnarzt ein bisschen gebohrt und eine winzige Füllung gemacht hatte.
Und die Mutter lachte auch.
Als sie aber dann wieder auf die Straße traten, da zeigte die Mutter zum Himmel hinauf.
Es hatte aufgehört zu regnen. Ein bunter Regenbogen stand hoch am Himmel. Und jetzt freute sich die Mutter auch und drückte dem Kind lachend die Hand.
»Du bist albern!«, sagte das Kind und musste wieder lachen.

Die Kuh im Kastanienbaum

Annette läuft ganz aufgeregt zu dem Opa: »Der Christian hat gesagt, eine Kuh ist im Kastanienbaum!«
Der Opa blickt Annette misstrauisch an. Dann sagt er: »Die Welt wird immer verrückter!« Er ruft der Oma zu: »Im Kastanienbaum ist eine Kuh!«
Die Oma schaut den Opa verwundert an. Aber wenn der Opa das sagt, muss es wohl stimmen. So ruft sie Tante Helene zu: »Im Kastanienbaum ist eine Kuh!« Tante Helene telefoniert gerade mit ihrer Freundin. »Übrigens«, sagt sie ins Telefon hinein, »in unserem Kastanienbaum ist eine Kuh!«

Kaum hat Tante Helene den Hörer aufgelegt, da ruft ihre Freundin schon Frau Boller an. Sie verkündet sofort die Neuigkeit: »In Müllers Kastanienbaum ist eine Kuh!«
»Das muss ich Schulzes erzählen!«, sagt Frau Boller. Sie legt den Hörer auf die Gabel und wählt Schulzes Nummer.
Herr Schulze sagt es Frau Weber.
Frau Weber sagt es Herrn Will.
Herr Will sagt es Herrn Schneider.
Herr Schneider sagt es Frau Patzke.
Frau Patzkes Mann ist Reporter bei der Zeitung.
Um fünf Uhr läutet es bei Müllers an der Haustür.
Als die Mutter öffnet, stehen viele Leute davor. Auch ein Mann von der Zeitung mit einem Fotoapparat.
»Ich möchte die Kuh im Kastanienbaum fotografieren!«, sagt der Mann von der Zeitung.
»In unserem Kastanienbaum ist keine Kuh!«, sagt die Mutter.

Da kommt der Opa hinzu. Er ruft: »Annette hat es mir selbst gesagt!«
Und Annette schreit: »Ja, Christian hat gesagt, eine Kuh ist im Kastanienbaum!«
Da kommt auch Christian. Christian ist gerade drei Jahre alt geworden. Er hat nur am rechten Fuß einen Schuh.
»Mama!«, jammert er. »Mein anderer Kuh ist im Baum!«
»Er kann leider noch nicht SCH sagen!«, sagt die Mutter und klappt dem Mann von der Zeitung die Tür vor der Nase zu.

Rita ärgert sich

Als Rita heute auf den Schulhof kommt, schauen sich alle Mädchen nach ihr um. Sie laufen gleich zu ihr. Doro sagt: »Du hast aber ein schönes Kleid an!« Und Dagmar will wissen: »Ist das Kleid neu?«

Rita ist sehr stolz. Sie sagt: »Meine Tante hat es mir gestern geschenkt. Ich muss gut aufpassen, dass es nicht schmutzig wird.«

Rita geht ganz vorsichtig über den Schulhof. Sie macht einen großen Bogen um jede Pfütze. Sie ist ja so stolz auf ihr neues Kleid. Da kommt Walter angelaufen. Er rennt hinter Wolfgang her und schreit: »Warte nur, wenn ich dich fange!« Er schaut nicht, wohin er läuft. Und schon passiert es! Walter rennt die kleine Rita um. Sie fallen beide. Walter ist zuerst wieder auf den Beinen. Er hat Glück gehabt. Nur seine Hände sind schmutzig.

Aber wie sieht Rita aus! Sie sitzt auf dem Boden und schaut auf ihr neues Kleid. Ein großer Schmutzfleck ist da zu sehen.

Walter läuft schon wieder weiter. Er schreit: »Dumme Gans! Warum musstest du dich auch in den Weg stellen!«

Jetzt weint Rita. Sie weint so laut, sie weint so durchdringend, dass alle es hören müssen.

Die anderen Mädchen stehen um Rita herum. Rita jammert: »Das sage ich unserer Lehrerin!«

Alle Mädchen nicken. Sie haben großes Mitleid mit Rita. Sie gönnen es dem wilden Walter, dass Rita ihn verpetzen will.

Und Dagmar schreit hinter Walter her: »Das sagt Rita bestimmt unserer Lehrerin! Warte nur, Walter!«

»Dumme Gänse!«, ruft Walter böse und läuft weiter.

Aber dann in der Klasse hat Walter doch große Angst. Er schaut immer wieder zu Rita hinüber. Sie sitzt in ihrer Bank und sieht ihn gar nicht an. Walter möchte ihr doch so gern sagen, wie Leid ihm alles tut. Er wollte Rita ja nicht umwerfen. Er schämt sich sehr. Aber er ist doch ein Junge. Da kann er sich nicht einfach bei einem Mädchen entschuldigen.

Den ganzen Morgen über wartet Walter darauf, dass Rita der Lehrerin die Sache mit dem Kleid erzählt. Als endlich der Unterricht zu Ende ist, läuft Walter erleichtert nach Hause: Sie hat mich nicht verpetzt!

Am nächsten Morgen kommt Rita in die Klasse und wundert sich: Auf ihrem Tisch liegt ein dicker roter Apfel. Ein kleiner Zettel liegt daneben: Liebe Rita! Ich schenke dir den Apfel, weil du mich gestern nicht verpetzt hast. Dein W.

Rita freut sich. Sie möchte sich so gern bei Walter bedanken. Aber der steht drüben bei den anderen Jungen und tut so, als ob er Rita nicht sieht. Da lächelt Rita, denn sie bemerkt: Walter hat ganz rote Ohren.

Schwimmen

Schwimmtag. Sylvia und ihre Freundinnen tummeln sich im Wasser, spritzen sich nass und schwimmen um die Wette. Später liegen sie auf der großen Liegewiese und sonnen sich.

Plötzlich stutzt Sylvia. Ein Mann führt einen Jungen mit beiden Händen. Der Junge scheint im gleichen Alter zu sein wie sie. Er geht sehr ungeschickt. Würde ihn der Mann nicht festhalten, müsste er bestimmt fallen. Der Mann setzt den Jungen vorsichtig auf den Rasen. Dann breitet er eine Decke aus und hebt den Jungen behutsam darauf. Der Junge ist so behindert, dass er sich nicht allein ausziehen kann. Auch dabei muss der Mann helfen.

»Ich hole noch die Tasche«, sagt der Mann und geht mit schnellen Schritten davon.

Sylvia tut der Junge Leid. Sie muss immer wieder hinschauen. Aber dann guckt sie ganz schnell weg, damit er nicht bemerkt, dass er beobachtet wird. »Hallo!«, sagt der Junge und lacht Sylvia an. »Klassewetter!«

Da steht Sylvia auf und geht zu ihm. »Warst du schon im Wasser?«, fragt er. Sylvia nickt. »Es ist herrlich!« Sie schaut den Jungen an, schluckt, sagt aber dann doch: »Schade, dass du nicht schwimmen kannst!«

Der Junge lacht: »Warte nur, bis mein Vater wiederkommt!«

Als Sylvia zu ihren Freundinnen zurückgeht, flüstert ihr Doris zu: »So einer wohnt auch bei uns in der Nachbarschaft. Der ist ein Spastiker!«

Inzwischen ist der Mann zurückgekommen. Er packt den Jungen mit beiden Händen und führt ihn zum Schwimmbecken.

»Passen Sie auf, hier ist doch das Becken für Schwimmer!«, sagt Sylvia vorwurfsvoll zu dem Mann.
Der Mann lacht. Er hebt den Jungen hoch und wirft ihn mit Schwung ins Wasser. Die Mädchen schreien auf. Der Junge versinkt. Dann kommt er wieder hoch. Er prustet. Und dann schwimmt er.
»Mensch, der kann ja schwimmen!«, staunt Sylvia.
»Was dachtest du denn?«, lacht der Mann.

Der zirkus fantasie

Text: Rolf Krenzer
Melodie: Peter Janssens

2. Im Zirkus Fantasie
da singt man mit den Herzen.
Zu tausend Wunderkerzen
erklingt die Melodie
im Zirkus Fantasie.

3. Im Zirkus Fantasie
verschenkt man Pustekuchen
und jeder darf versuchen
und freut sich wie nie
im Zirkus Fantasie.

4. Im Zirkus Fantasie
da schweben Seifenblasen
uns schillernd um die Nasen
und landen auf dem Knie
im Zirkus Fantasie.

5. Im Zirkus Fantasie
da kannst du Wunder sehen,
zum Regenbogen gehen
und glücklich sein wie nie
im Zirkus Fantasie.

6. Im Zirkus Fantasie
ist Schnee so warm wie Seide,
die Nacht so hell wie Kreide.
Und das vergisst du nie
im Zirkus Fantasie.

7. Im Zirkus Fantasie
da werden Dumme weise
und Laute werden leise.
Der Narr wird zum Genie
im Zirkus Fantasie.

8. Im Zirkus Fantasie
da streicheln sich die Feinde
und sind auf einmal Freunde
und wissen selbst nicht, wie,
im Zirkus Fantasie.

9. Der Zirkus Fantasie,
der kostet keinen Pfennig.
Da wird der Bettler König.
Komm her, du weißt schon, wie,
zum Zirkus Fantasie.

Herbst

WAS HABT IHR DENN GEERNTET?

Text: Rolf Krenzer
Melodie: Martin Göth

2. Gruppe: Einen Kürbis, dick und schwer.
Kommt her, kommt her,
so'n dicken Kürbis seht
ihr dieses Jahr bestimmt nicht mehr!

3. Gruppe: Einen Kohlkopf, fest und schwer.
Kommt her, kommt her,
so'n festen Kohlkopf seht
ihr dieses Jahr bestimmt nicht mehr!

4. Gruppe: Fleischtomaten, rot und schwer.
Kommt her, kommt her,
so Fleischtomaten seht
ihr dieses Jahr bestimmt nicht mehr!

5. Gruppe: Helft uns! Unser Korb ist schwer.
Kommt her, kommt her,
so reiche Ernte seht
ihr dieses Jahr bestimmt nicht mehr!

DIE GESCHICHTE VOM OBSTSALAT

Heute will Frau Heimann mit der ganzen Gruppe Obstsalat zubereiten. Sie hat an alles gedacht: Eine ganz große Schüssel, Messerchen, um das Obst zu schälen und zu schneiden, auch Zucker und süße Sahne. Das Obst haben die Kinder mitgebracht: Äpfel und Birnen, Weintrauben, Apfelsinen und Bananen, dazu Nüsse und Rosinen. Das wird ein köstlicher Obstsalat werden. Eifrig beginnen die Kinder, ihr Obst auszupacken und nach den Messerchen zu greifen. »Geht bitte ganz vorsichtig damit um!«, sagt Frau Heimann. »Sie sind scharf!«

Da steht plötzlich Marina vor ihr. Ganz ernst blickt sie Frau Heimann an und Tränen stehen ihr in den Augen.

»Du hast dich doch nicht schon geschnitten?«, fragt Frau Heimann und greift nach Marinas Hand.

Marina schüttelt ernst den Kopf. »Ich gehe jetzt wieder nach Hause«, sagt sie leise.

»Aber du hattest dich doch auch so sehr auf unseren Obstsalat gefreut!« Frau Heimann blickt Marina verständnislos an. Da verzieht sich Marinas Mund und jetzt laufen dicke Tränen über ihre Backen. »Ich habe aber doch die Äpfel vergessen, die ich mitbringen wollte!«, jammert sie. »Sie liegen zu Hause auf dem Küchentisch!«

»Ich habe meine Sachen auch vergessen!«, sagt Jens, der leise neben Marina getreten ist. »Meine Mutter hat es vergessen!« – »Das ist doch nicht schlimm!«, lacht Frau Heimann und drückt jedem der beiden Kinder ein Messerchen in die Hand. »Schaut, wir haben alle unsere Sachen in die Mitte auf den Tisch gelegt.

Nehmt euch etwas davon und helft mit, damit wir bald unseren Obstsalat aufessen können.«
Als dann alles Obst geschnitten ist, als der Obstsalat mit Zucker und Sahne abgeschmeckt ist, stellt Frau Heimann viele Tellerchen auf den Tisch. Annette und Udo verteilen den Obstsalat auf die Teller und alle passen auf, dass keiner zu viel oder zu wenig erhält.
»Das hätte ich nicht gedacht«, sagt Marina zu Jens, als sie den großen Obstsalatberg von ihrem Teller löffelt. »Wir haben gar nichts mitgebracht. Und jetzt hat jeder so viel!«
Frau Heimann hat gehört, was Marina gesagt hat. »So ist es immer, wenn man teilt!«, sagt sie. »Dann bekommt jeder etwas. Und jeder hat genug, um satt zu werden!« – »Das ist fast ein Wunder«, sagt Jens und holt sich mit seinem Löffel ein großes Bananenstück vom Teller.

Die Tierversammlung im Wald

Einmal im Herbst treffen sich die Tiere in der großen Waldlichtung. Dann besprechen sie alles, was sie in diesem Jahr erlebt haben, und beraten gemeinsam, wie sie sich für den Winter und für das neue Jahr besser vorbereiten können.
In diesem Jahr sind die Klagen der Tiere besonders laut. Alle klagen über die Menschen. Mit ihren Autos haben sie in diesem Jahr wieder so viele Tiere totgefahren, dass sie kaum noch zu zählen sind: Frösche und Igel, Hasen und Rehe, Katzen und Hunde. Aber das ist noch nicht alles, worüber die Tiere klagen. Immer mehr Bäume sterben, weil die Menschen mit ihren vielen Fabriken und Autos die Luft so verschmutzen, dass saurer Regen vom Himmel fällt, der alles krank macht und sterben lässt. Überall hinterlassen die Menschen ihre Spuren. Und die Tiere sind den Menschen schutzlos ausgeliefert.

Als die Versammlung schon über vier Stunden gedauert hat, kommt noch ein Hase angehoppelt. Er ist ganz außer Atem.
»Warum bist du nicht pünktlich gekommen?«, fragen ihn die anderen Tiere vorwurfsvoll. »Du hättest von uns allen erfahren, was die Menschen in diesem Jahr mit uns Tieren getan haben.«
Der Hase verschnauft einen Augenblick. Dann sagt er: »Ich habe etwas ganz Besonderes erlebt und konnte zuerst nicht glauben, was ich mit eigenen Augen gesehen habe.«
Erstaunt horchen die anderen Tiere auf. Dann setzen sie sich im Kreis um den Hasen herum und hören ihm zu.
»Stellt euch vor!«, sagt der Hase. »Heute Morgen kam eine ganze Gruppe von Kindern mit ihren Erzieherinnen durch den Wald.

Aha, dachte ich, jetzt bringen sie wieder ihre Cola-Dosen mit und das viele Stanniolpapier und die Plastikbecher. Und dann sieht es hinterher im Wald wieder so aus, wie es immer aussieht, wenn Menschen da waren.« – »Wie auf einer Müllkippe!«, sagen die anderen Tiere und nicken traurig mit den Köpfen.

»Nein, diesmal war es anders«, sagt der Hase. »Ich wollte es zuerst wirklich nicht glauben. Sie setzten sich auf eine kleine Waldwiese, sangen und spielten miteinander und packten dann ihr Frühstück aus. Aber stellt euch vor, als sie fertig waren, holte jemand eine große Plastiktüte heraus. Da kamen alle herbei, sammelten alles auf, was sie fortgeworfen hatten, und packten es in die große Tüte hinein: Dosen und Papier, Flaschen und Becher. Ich habe lange gewartet und alles beobachtet. Ich konnte es einfach nicht glauben, dass sie den Müll wirklich mitnahmen. Aber sie trugen den Sack wirklich aus dem Wald heraus!«

»Und sie ließen nichts zurück? Wirklich nichts?«, fragen die anderen Tiere. Der Hase schüttelt den Kopf. »Es waren Kinder!«, sagt er.

»Vielleicht lernen die erwachsenen Menschen einmal von ihnen etwas!«, meint der alte Rehbock bedächtig. »Vielleicht lernen sie noch etwas von ihren Kindern.«

»Jemand muss doch damit anfangen!«, sagt der Igel.

Und der Hase fügt hinzu: »Ja, es war wirklich ein Anfang! Und diese Kinder werden auch einmal erwachsen sein. Vielleicht werden sie sich dann noch so verhalten wie heute.« – »Ja, hoffentlich!«, sagt der alte Rehbock. Und die anderen Tiere nicken.

KARTI-, KARTA-, KARTOFFELN!

Karti-, Karta-, Kartoffeln!
Ja, wer Kartoffeln hat,
der isst sich an Kartoffeln
so richtig rund und satt.

Sie kommen aus der Erde
Und werden hierzuland',
weil sie im Boden reifen,
auch Erdäpfel genannt.

Du machst dir aus Kartoffeln
den köstlichsten Salat,
und du isst sie am liebsten
mit Rührei und Spinat.

Du magst Kartoffelsuppe.
Sie macht dich satt und stark.
Und du liebst Pellkartoffeln
mit Butter oder Quark.

Du liebst Kartoffelpuffer
und du Kartoffelbrei
und du Kartoffelklöße
mit recht viel Speck dabei.

Du isst gern Bratkartoffeln,
du magst Pommes frites zuhauf,
und du Kartoffelkuchen
mit ganz dick Butter drauf.

Als einst vor vielen Jahren
Amerika entdeckt,
da haben den Indianern
Kartoffeln schon geschmeckt.

Gibt's heut bei uns Kartoffeln,
dann hau'n wir kräftig rein
und wollen den Indianern von
Herzen dankbar sein.

Karti-, Karta-, Kartoffeln!
Ja, wer Kartoffeln hat,
der isst sich an Kartoffeln
so richtig rund und satt.

Der Drachenbrief

Im Herbst hatte der Vater mit seinen Kindern einen großen Drachen gebaut. Auf dem Feld ließen sie ihn steigen.
Es war ein wunderschöner Drachen. Er lachte lustig und hatte Ohren und einen langen Schwanz. Die Leute, die vorüberkamen, blieben stehen und schauten in die Luft. Der Drachen stand ganz hoch am Himmel. Sein bunter Schwanz flatterte im Wind.
»Wollen wir ihm einen Brief hinaufschicken?«, fragte der Vater. Mario fand in seiner Hosentasche ein Stück Papier.
Der Vater drückte mit dem Daumen mitten in das Papier ein Loch hinein und sagte: »Wir stecken den Brief auf das Drachenseil. Passt auf, dann steigt er von selbst zu ihm hinauf!«
Die Kinder wollten es nicht glauben. Doch der Vater sagte sicher: »Das haben wir früher auch immer so gemacht. Früher, als ich so alt war wie ihr!« – »Dann will ich dem Drachen aber auch einen Gruß schreiben!«, rief Tini und suchte nach einem Kugelschreiber in ihrer Jacke. Mario musste sich bücken. Tini legte das Stück Papier auf seinen Rücken und schrieb:

Lieber Drachen!
Wie geht es dir dort oben?
Herzliche Grüße von Tini und Mario.

Sie gaben dem Vater den Brief. Er steckte ihn auf das Drachenseil. Und wirklich! Ganz langsam stieg der Brief an dem Seil nach oben. Immer höher und höher. Der Brief wurde immer kleiner. Fast war er nicht mehr zu sehen. »Jetzt wird unser Drachen den Brief lesen!«, sagte der Vater und lachte.

Aber dann geschah etwas ganz Seltsames. Mario entdeckte es zuerst: Der Brief kam langsam wieder an dem Drachenseil herunter.
»Das gibt es doch nicht!«, rief der Vater erstaunt. Jetzt war der Brief schon ganz nah. Mario griff nach ihm und riss ihn vom Seil. Ja, es war der Brief, den die Kinder hinaufgeschickt hatten. Aber auf der Rückseite des Papiers stand:

Liebe Tini, lieber Mario!
Mir geht es gut hier oben!
Herzliche Grüße von eurem Drachen.

»Das gibt es doch nicht!«, rief der Vater und kratzte sich am Kopf. Er schaute ganz misstrauisch zu dem Drachen hinauf. Doch der stand ganz ruhig hoch am Himmel. Und sein bunter Schwanz flatterte im Wind.

He, herbstwind

He, Herbstwind, gib doch endlich Ruh!
Schlag nicht die Fenster auf und zu.
Jetzt klappert schon der Fensterladen!
Das kann dem Laden doch nur schaden!

Pass auf, der schwere Blumentopf
fällt gar noch einem auf den Kopf.
Fahr lieber dort in jenen Baum.
Die Blätter, sie erwarten's kaum.

Sie wollen tanzen und sich drehn.
Dort musst du wild und tüchtig wehn.
Ja, Herbstwind, so ist's wunderschön!

Wie der fliegende Robert

Ich lief bei Regen und Sturmgebraus
mit meinem Schirm aus dem Haus heraus.
Wie der fliegende Robert wollt' ich es wagen.
Es sollte mein Schirm durch die Luft mich tragen
durch Wolken und Wind in den Himmel hinein!
Mein Schirm war so groß und ich war so klein.

Zwei Stunden gehofft,
dass es endlich geschieht,
dass der Sturm meinen Schirm
nach oben zieht
und mich hinterher,
denn ich bin nicht schwer.

Doch jetzt bin
ich sehr ärgerlich!

Ich bin kein Stück nach oben geflogen!
Der fliegende Robert ist glatt erlogen!
Erlogen, erfunden!
Und gar kein Spaß!
Von oben bis unten bin ich nur nass!

... und ich weiß genau: Komme ich nach Haus,
dann lachen mich alle auch noch aus!

Die Nebelfrau

Den ganzen Sommer über hatte die Nebelfrau in der Schlucht zwischen den Bergen gehockt. Gestern war noch ein schöner, warmer Herbsttag gewesen. Doch heute regnete es den ganzen Tag und am Abend wurde es kalt. Da konnte die Nebelfrau nicht mehr länger warten. Sie trat zwischen den Bergen hervor und ließ ihr langes weites Nebelkleid nach allen Seiten wehen.

»Oh!«, sagten die Autofahrer, die noch unterwegs auf der Straße waren. »Der erste Nebel in diesem Herbst!« Und im Verkehrsfunk warnten sie gleich: »Vorsicht auf der Autobahn! Sichtweite unter fünfzig Meter.« Da stellten die Autofahrer ihre Heizung ein wenig höher. Wenn sie nicht auch die Fenster bis oben zugekurbelt hätten, dann hätten sie vielleicht die Nebelfrau leise kichern hören. Sie schwebte jetzt über die Wiesen und Felder und breitete ihren weißen zarten Schleier ganz behutsam darüber aus.

Zuerst sah ihr der Mond noch zu. Doch dann wurde der Nebel dichter. Die Nebelfrau schwebte durch die Straße und legte ihren Schleier um ein Liebespaar auf einer Bank. Das Mädchen begann zu frieren und der junge Mann legte seine Jacke um ihre Schultern. »Sieh doch nur!«, sagte das Mädchen und deutete hinauf zu der Laterne. »Wie schön es heute Abend ist!« – »Es ist alles wie verzaubert«, antwortete er. »Die Büsche, die Bäume und sogar die Laterne. Wie im Märchen!« – »Schön!«, sagte seine Freundin und kuschelte sich ganz dicht an ihn. Die Nebelfrau blieb einen Augenblick still stehen und lächelte. Dann zog sie weiter. Um alle Häuser, auf alle Straßen legte sie ihren weißen Schleier. Da war die Stadt auf einmal nicht mehr so laut wie sonst. Der Lärm

der Autos war kaum noch zu hören. Ein alter Mann öffnete noch einmal sein Fenster. »Schön!«, sagte er leise vor sich hin. »Der erste richtige Nebel in diesem Jahr!«
Die Nebelfrau aber zog weiter, denn sie hatte in der Ferne ein frohes Singen gehört. Da wusste sie gleich, dass Martinstag war und die Kinder mit ihren Laternen durch die Straßen zogen. Die Nebelfrau ließ nur ganz behutsam ein wenig Nebel auf die Straße und zwischen die Kinder hinuntergleiten. Da hatten die Laternen plötzlich einen hellen durchsichtigen Schirm aus Nebel um sich herum. Und die Kinder staunten, wie schön das aussah. Die Nebelfrau wartete, bis der Zug sich auflöste und die Kinder mit ihren Eltern heimgingen. Dann erst blähte sie sich richtig auf und ließ dicke Nebelschwaden durch die Straßen gleiten.

So dicke Nebelschwaden, dass Natalie und ihre Eltern Mühe hatten nach Hause zu finden. Sie waren noch bei der Oma auf dem Geburtstag gewesen. Aber sie gaben sich die Hände, damit sie sich nicht verloren.
»Jetzt ist die Nebelfrau wieder im Land«, sagte Natalies Mutti. »Gibt es die wirklich?«, fragte Natalie. Da spürte sie etwas ganz Zartes und Nasses an ihrer Backe. »Ich glaube, eben habe ich sie gespürt!«, sagte sie. »Hat sie dich gestreichelt?«, fragte Vati und schloss die Haustür auf. »Vielleicht«, antwortete Natalie. »Vielleicht hat sie mir auch einen Kuss gegeben!« – »Ein liebes Kind! Ein schlaues Kind!«, kicherte die Nebelfrau leise vor sich hin. Aber so leise, dass niemand sie hören konnte. Dann schwebte sie weiter. Es gab heute Nacht noch viel für sie zu tun.

Nebellied

Text: Rolf Krenzer
Melodie: Siegfried Fietz

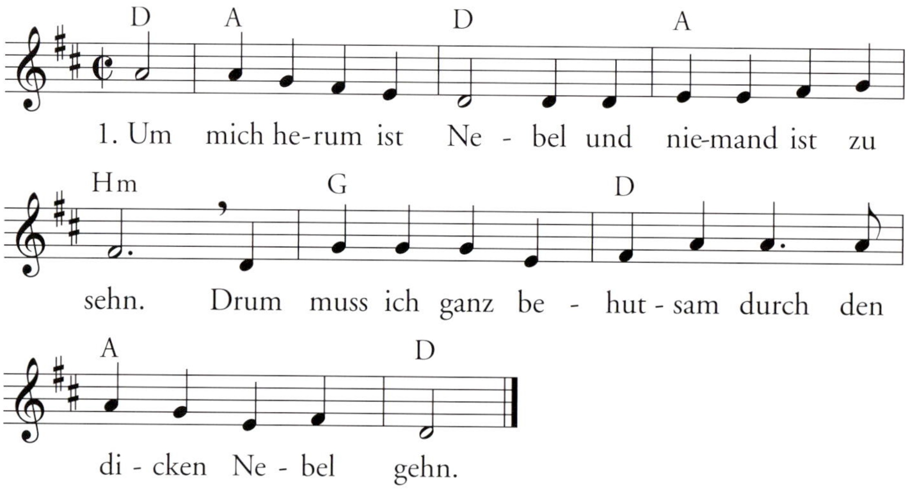

2. Um mich herum ist Nebel
und ich bin so allein.
Wo mögen alle andern
nur im dicken Nebel sein?

3. Doch spür ich deine Hände,
dann kann mir nichts geschehn.
So können wir zusammen durch den
dicken Nebel gehn.

4. Der dicke, dichte Nebel
wird bald verschwunden sein.
Schau her, schon liegt die ganze Welt
im hellen Sonnenschein.

Warum der Martin Martin heisst

»Weißt du eigentlich, warum du Sabine heißt?«, fragt Martin seine Freundin. Sabine zuckt mit den Schultern. »Meine Eltern haben mir den Namen gegeben.« – »Und du?«, fragt Martin Andreas. Aber Andreas weiß auch nicht mehr. Er will seine Mutter danach fragen.

»Ich habe schon gefragt«, sagt Martin. »Mein Vater hat einen besten Freund. Mit dem ist er zusammen in den Kindergarten gegangen und dann in die Schule. Als sie groß waren, haben sie zusammen Reisen gemacht. Mit ihren Fahrrädern sind sie losgefahren und haben nachts in ihrem Zelt geschlafen. Das ist heute noch Papas bester Freund.«

»Der Freund heißt Martin«, rät Andreas.

»Genau!«, antwortet Martin und strahlt. »Und jetzt ist er auch noch mein Patenonkel.«

Sabine denkt lange nach. Dann sagt sie: »Dann ist dein Name aber gar nichts Besonderes. Ich dachte immer, du hast ihn vom heiligen Martin.« Da muss Martin lachen. »Natürlich habe ich den Namen auch vom heiligen Martin. Denn mein Patenonkel ist nach dem heiligen Martin genannt!«

Ob Sabine das einsieht?

»Ich habe übrigens zwei Feiertage jedes Jahr«, fügt Martin stolz hinzu. »Am 7. August und am 11. November!«

»Am 7. August ist dein Geburtstag. Das stimmt!«, sagt Andreas.

»Aber am 11. November ist doch Martinstag!«, meint Sabine. –

»Eben«, sagt Martin. »Am 11. November ist mein Namenstag!«

Sankt Martins Lied

Text: Rolf Krenzer
Melodie: Peter Janssens

2. Ihm ist so kalt. Er friert so sehr.
Wo kriegt er etwas Warmes her?
Er hört kein gutes Wort
und jeder schickt ihn fort.

3. Der Hunger tut dem Mann so weh
und müde stapft er durch den Schnee.
Er hört kein gutes Wort
und jeder schickt ihn fort.

4. Da kommt daher ein Reitersmann,
der hält sogleich sein Pferd hier an.
Er sieht den Mann im Schnee
und fragt: »Was tut dir weh?«

5. Er teilt den Mantel und das Brot
und hilft dem Mann in seiner Not.
Er hilft so gut er kann.
Sankt Martin heißt der Mann.

6. Teilen wir unser Gut und Geld
mit all den Armen in der Welt!
Wenn jeder etwas hat,
dann werden alle satt.

7. Denkst du, dafür bist du zu klein,
kannst du grad wie Sankt Martin sein!
Beim Teilen ist das so:
Wer gibt und nimmt, wird froh!

8. Zum Martinstag steckt jedermann
leuchtende Laternen an.
Vergiss den andern nicht,
drum brennt das kleine Licht.

Winter

Knospen springen auf

Text: Rolf Krenzer
Melodie: Detlev Jöcker

Knospen springen auf,
Blüten an den Zweigen

Wir halten ganz behutsam zwischen unsren Händen eingebettet die kleine Knospe. Wir öffnen die Hände leicht, so dass sie wie Blütenblätter aussehen.

blühen in der Winternacht.
Neues Leben ist erwacht.

Unsere Hände öffnen sich immer weiter; mit beiden Händen bilden wir über uns eine große Blüte.

Gott will durch sein Kind
seine Liebe zeigen.

Wir öffnen unsere Hände, so dass wir sie unseren linken und rechten Nachbarn reichen können.

O WEH!

»O weh!«,
sagt Dorothee.
»Jetzt schenkt man mir Ski,
und es liegt kein Schnee!«

ES SCHNEIT

Ihr lieben Leut',
seit heut,
seit heute Nacht bereits …
da schneit's
und schneit's!

Tage, süss wie Marmelade

Seit der Adventskalender an der Wand hängt und jeden Tag ein Türchen geöffnet werden darf, hält es die kleine Maren fast nicht mehr aus. Jeden Tag fragt sie einmal, zweimal und mehr: »Wann ist endlich Weihnachten?«
»Noch vierundzwanzig Tage«, hat Papa zuerst gesagt.
Aber Maren weiß doch nicht, wie lange vierundzwanzig Tage sind. Da hat Papa ihre beiden Hände genommen und jeden Finger einmal ganz leicht hochgeschnipst. »Das sind zehn Tage«, hat er gesagt. »Schau: eins, zwei, drei, vier, fünf Finger an der einen Hand und noch fünf Finger an der anderen!« Maren kann nicht so weit zählen wie Papa. »Und meine beiden Hände auch noch dazu«, hat Papa gesagt und seine beiden Hände hochgehoben. »Das sind zwanzig Tage!« Und dann musste Mama kommen und vier Finger von ihrer Hand auch noch dazuhalten.

»Das sind vierundzwanzig Tage!«, hat Papa gesagt. »So lange dauert es noch!« Maren hat Mamas und Papas Finger gesehen und dann noch ihre eigenen Finger. Es waren so viele. Da hat sie ganz tief geseufzt und gewusst, dass es noch sehr lange dauern wird.
Aber nach ein paar Tagen brauchte Mama ihre Finger gar nicht mehr dazuhalten. Und dann brauchte Papa auch nur noch eine Hand. Aber es war immer noch lang, sehr lang bis Weihnachten.
Als dann Papa seine Hände nur noch brauchte, um an Marens Fingern die Tage abzuzählen, da waren sie schon recht nah an Weihnachten dran.
Doch Maren dauerte es noch viel zu lange. »Die letzten Tage dauern am längsten«, sagte Papa und nahm Maren auf den Schoß.

»Das ist leider so!« Er zählte noch einmal die Tage an Marens Fingern ab, aber es wurden nicht weniger.
»Du musst jeden Tag auskosten«, meinte Mama. »Dann ist jeder Tag ganz besonders schön!«
»Wie macht man das? Auskosten?«, fragte Maren.
»Ganz einfach!«, lachte Mama. »Man muss sich ganz doll über jeden Tag freuen. Dann schmeckt der Tag so gut wie Erdbeereis!«
»Oder Himbeermarmelade!«, sagte Maren.
»Genauso ist es!«, sagte Mama und holte das Glas mit Himbeermarmelade und Maren durfte einen Finger nach dem anderen hineinstecken und ablecken. Zehn Tage waren es noch bis Weihnachten, und zehnmal durfte Maren Himbeermarmelade kosten.

»Schade«, sagte Papa. »Morgen sind es nur noch neun Tage! Ein Finger weniger!«
»Morgen ist Erdbeermarmeladetag!«, lachte Mama.
»Und dann?«, fragte Maren.
»Vielleicht Honigtag oder Heidelbeermarmeladetag!«
»Und ich darf morgen wieder mit allen Fingern kosten?«, fragte Maren und begann sich schon ein bisschen auf den nächsten Tag zu freuen.
»Nur noch mit neun Fingern!«, sagte Mama. »Jeden Tag ein Finger weniger!«
»Und wenn alle Finger weg sind?«, fragte Maren. »Dann nehmen wir den kleinen Löffel!«
Doch da schüttelte Mama lachend den Kopf. »Dann ist endlich Weihnachten«, sagte sie. Und Papa nickte.

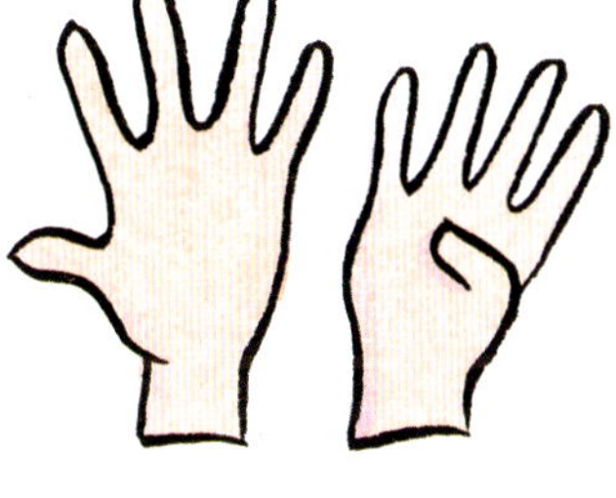

Kerzenspiel

Seht, die erste Kerze brennt.
Kommt, wir feiern den Advent.
Meine Kerze leuchtet weit
und vertreibt die Dunkelheit.

Seht, die erste Kerze brennt,
und wir feiern den Advent.
Kommt ganz nah zu mir heran.
Zündet eure Kerzen an.

Tragt das helle Licht hinaus,
tragt es bis zu euch nach Haus,
dass es immer in euch brennt!
Ja, wir feiern den Advent!

Wir stehen im Kreis um ein Kind mit einer brennenden Kerze herum. Jeder trägt eine noch nicht brennende Kerze in beiden Händen vor sich. Dann gehen alle langsam zur Mitte und zünden ihre Kerzen an der brennenden Kerze an. Das Licht wird weiter gegeben, bis alle Kerzen brennen. Dann treten wir aus dem Kreis heraus und bringen das Licht in die Gemeinde.

Kleine Kerze, leuchte

Kleine Kerze, leuchte
hier bei uns zu Haus.
Wenn du genug geleuchtet hast,
dann puste ich,
dann puste ich,
dann puste ich dich aus.

Kleine Kerze, morgen
bist du wieder dran.
Und wenn du wieder
leuchten sollst,
dann zünden wir,
dann zünden wir,
dann zünden wir dich an!
Zisch! Zisch!

Zuerst halten wir die Hände ganz dicht aneinander und öffnen sie dann immer weiter, um zu zeigen, wie weit die Kerze leuchtet. Wenn wir dann geblasen haben, halten wir die Hände ganz schnell hinter den Rücken.
Zum zweiten Vers holen wir die Hände wieder hervor und zeigen, zisch, zisch, wie Mutti oder Vati das Streichholz an der Streichholzschachtel reibt, damit wir die Kerze wieder anzünden können.

Der Engel mit der Kerze

Wenn Mutti ganz viel Zeit hat, dann nimmt sie Verena auf den Arm und zeigt ihr all die winzigen Sachen, die sie in ihrem Setzkasten hat. Der Setzkasten hängt im Flur so hoch, dass Verena ihn nicht erreichen kann. Noch nicht einmal, wenn sie sich auf die Zehenspitzen stellt und die Arme ganz hoch nach oben streckt.

Dabei ist dieser kleine Holzkasten so schön, dass Verena jeden Tag damit spielen möchte. Da gibt es kleine Töpfchen und Tassen, eine klitzekleine Spieluhr, die richtig Musik macht, einen winzigen Teddybären, eine kleine Holzeisenbahn und sogar einen richtigen kleinen Engel mit einer ganz, ganz kleinen Kerze in der Hand. Das alles und noch viel mehr steht in diesem Setzkasten drin. Schade, dass Mutti Verena nichts davon, aber auch gar nichts, zum Spielen gibt.

»Lauter Dinge, die mir Freunde und Freundinnen einmal geschenkt haben«, sagt Mutti. »Da darf nichts verloren gehen!«

O ja, Verena weiß selbst, dass immer viel verloren geht, wenn sie damit spielt. Seit gestern sucht Mutti bereits nach dem lustigen roten Eierbecher, den sie Verena einmal kurz zum Spielen ausgeliehen hat. Er ist fort. Und Verena weiß beim besten Willen nicht mehr, wo sie ihn verloren hat.

Heute morgen hat Mutti den bunten Adventskalender im Kinderzimmer aufgehängt und Verena hat ein Türchen geöffnet und ein Schokoladenbärchen herausgeholt. Und heute Nachmittag haben sie zusammen einen Adventskranz besorgt, Mutti und Verena. Jetzt steht er mitten auf dem Tisch. Mutti knipst das Licht aus und zündet eine dicke rote Kerze am Adventskranz an. Ist das schön!

»Und die andern?«, fragt Verena.
»Später!«, lacht Mutti. »Jeden Sonntag kommt eine dazu. Und wenn alle vier Kerzen brennen, dann ist bald Weihnachten!«
»Schön ist das!«, sagt Verena leise und blickt mit leuchtenden Augen mitten in das Kerzenlicht hinein. Sie summt ganz leise ein Lied, das sie heute morgen im Kindergarten gesungen haben.
»Gefällt es dir?«, fragt Mutti. Verena nickt. Dann sagt sie plötzlich: »Wir haben noch eine Kerze!« Mutti sieht sie fragend an. »Draußen im Flur!«, sagt Verena. »Unmöglich«, Mutti schüttelt den Kopf. »Ich zeige sie dir!«, sagt Verena. »Aber du musst mich hochheben!«

Da nimmt Mutti das kleine Mädchen auf den Arm und geht mit ihm in den Flur. »Wo?« – »Da!«, ruft Verena und deutet mit dem Finger auf Muttis Setzkasten. Und wirklich! Jetzt sieht sie ihn auch, den kleinen Engel mit der Kerze.
»Gut«, sagt Mutti und nimmt ihn ganz vorsichtig heraus. »Wir stellen ihn mitten in den Adventskranz. Dort darf er bis Weihnachten stehen!«
Und dann darf Verena den Engel behutsam in beide Hände nehmen und zum Adventskranz auf dem Tisch tragen. Es gelingt ihr sogar, ihn in die Mitte des Kranzes zu stellen. Nur die winzigen Kerzen, die der Engel in der Hand trägt, die kann man nicht anstecken. Sie sind nämlich aus Holz und würden glatt verbrennen. Aber die dicke rote Kerze auf dem Adventskranz brennt umso heller. Und Verena kuschelt sich ganz eng an Mutti und ist so richtig froh.

Sei gegrüßt, lieber Nikolaus

Text: Rolf Krenzer
Melodie: Detlev Jöcker

2. Der Nikolaus ist hier.
»Hat jemand Angst vor mir?«
Wir rufen ganz laut: »Nein!«
»Dann komm ich gern herein.«
»Sei gegrüßt,
lieber Nikolaus ...«

3. Du bist ein lieber Mann!
Das sieht dir jeder an!
Siehst wie ein Bischof aus!
Wie Bischof Nikolaus!
»Sei gegrüßt,
lieber Nikolaus ...«

4. Der Bischof Nikolaus
ging einst von Haus zu Haus.
Da warn die Kinder froh.
Und das ist heut noch so!
»Sei gegrüßt,
lieber Nikolaus ...«

5. Der Bischof Nikolaus
teilt einst die Gaben aus.
Du machst es ebenso.
Drum sind wir Kinder froh.
»Sei gegrüßt,
lieber Nikolaus ...«

6. Musst du dann weitergehn
und sagst »Auf Wiedersehn«,
gehn wir mit bis zur Tür
und alle winken dir.
»Sei gegrüßt, lieber Nikolaus ...«

Das Lied kann dann eingesetzt werden, wenn eine oder mehrere Nikolaus-Legenden bekannt sind. Dann darf einer den Nikolaus spielen. Wir können ihm den Bischofsstab basteln, dazu alle weiteren Dinge, die er braucht. Und teilt er die Gaben aus, kann es sich dabei um Plätzchen handeln, die wir vorher gemeinsam gebacken haben.

Das Pferd des Heiligen

Die kleine Grundschule mit ihrer einen Vorklasse steht am Rande des Dorfes nah am Wald. Am 6. Dezember kommt Jahr für Jahr der heilige Nikolaus auf seinem Pferd aus dem Wald heraus, reitet über die alte Feldstraße und besucht die Kinder in der Vorklasse. Ja, er reitet auf seinem Pferd in die Schule hinein und hält mitten in dem runden Vorraum gleich hinter der Eingangstür an. Dieser Vorraum ist gleichzeitig auch der Versammlungsraum der Schule. Kein Wunder, dass sofort die Kinder aus allen Klassenzimmern heranstürmen und den Nikolaus begrüßen wollen. Der Nikolaus winkt ihnen freundlich zu, macht sich aber dann direkt auf den Weg zur Vorklasse.
Und gerade für die Allerjüngsten hat der Nikolaus seinen riesigen Sack gefüllt, so dass jeder ein kleines Geschenk bekommt. Das verstehen natürlich die Großen, die bereits in das erste, zweite oder gar in das vierte Schuljahr gehen. Seit Frau Sieber die Vorklassenkinder betreut, kommt jedes Jahr am 6. Dezember der Nikolaus in die Vorklasse. Die wenigsten Kinder wissen, dass Herr Sieber im Nachbarort schon seit vielen Jahren zwei Reitpferde in seinem Stall oder auf der Wiese stehen hat. Siebers wohnen auch dort.
Dieses Jahr hat der Dezember keinen Schnee, sondern nur Regen und Sturm gebracht. Die Straßen sind aufgeweicht und am 6. Dezember weht ein nasskalter Wind und peitscht einem den Regen ins Gesicht, dass man keinen Hund vor die Tür jagen möchte.
Doch gläubig und hoffnungsvoll sitzen die Kinder der Vorklasse um den Adventskranz herum und warten sehnsüchtig auf den

Nikolaus. Schließlich ist er jedes Jahr gekommen. Frau Sieber hat bereits versucht, die Kinder vom Nikolaus abzulenken. Schließlich ist es mehr als zweifelhaft, ob der Heilige wirklich heute bei Wind und Wetter seinen Weg zur Schule findet. Jedenfalls hatte ihr Mann heute morgen gemeint, dass man ausnahmsweise einmal darauf verzichten sollte. Es sah nicht so aus, als ob sich das Wetter bessern würde. Deshalb versuchte Frau Sieber, die Kinder auf heute Abend zu vertrösten. In der großen Pause rief dann aber Herr Sieber an, dass er trotz aller Unbilden des Wetters doch kommen würde. Er brachte es einfach nicht fertig, nur wegen des schlechten Wetters die Kinder zu enttäuschen. Er würde dem Pferd die dicken rotkarierten Decken umhängen, die er erst kürzlich gekauft hatte.

Kurz nach 11 Uhr war dann ganz deutlich Pferdegetrappel in der Schule zu hören. Und als die Kinder aus allen Klassen in den Vorraum stürmten, da stand doch wirklich wieder der heilige Nikolaus neben seinem Pferd und winkte ihnen freundlich zu.
Er blieb fast eine halbe Stunde lang in der Vorklasse und packte seinen Sack aus. Er hatte für jeden ein Päckchen, sogar für Frau Sieber.
»Jetzt muss ich aber weiter!«, sagte er dann. »Es warten noch viele Kinder auf mich!«

Da öffneten sie ihm die Tür und der Nikolaus führte sein Pferd am Zügel aus dem Zimmer heraus. Sie liefen neben ihm her bis zum Vorraum und hielten dann die Eingangstür weit auf, damit der Heilige mit seinem Pferd bequem hinaus kam. Hinter den großen Fensterscheiben sahen sie noch zu, wie der Nikolaus auf sein Pferd stieg und dann losritt. Sie winkten ihm nach, solange sie ihn sehen konnten.
Später stellte sich dann die Frage, woher der Nikolaus wohl gekommen war. »Natürlich aus dem Himmel!« Woher sonst! Das leuchtete jedem ein.
Doch wie war das mit dem Pferd? Lebte es sonst auch im Himmel? War der Nikolaus auf ihm direkt vom Himmel herunter zu ihnen geritten? Stand es vielleicht irgendwo in einem Stall oder auf der Weide und wartete das ganze Jahr auf den Nikolaus?
Keiner wusste eine rechte Antwort, nicht einmal Frau Sieber. Aber die Sache mit dem Stall war wohl doch wahrscheinlicher als der Ritt vom Himmel herunter.

Nur die kleine Magdalena behauptete steif und fest, dass der Heilige auf seinem Pferd vom Himmel zu ihnen heruntergeflogen sei. »Ein Pferd kann aber doch nicht fliegen!«, riefen die anderen. Doch Magdalena schüttelte nur den Kopf.
»Habt ihr nicht die Flügel gesehen, die das Pferd hatte?«, rief sie endlich. Es wurde still im Zimmer.
»Wo hatte das Pferd denn seine Flügel?«, fragte Frau Sieber schließlich. »Wo waren sie denn?«
»Es hatte doch richtige Flügel auf seinem Rücken!«, rief Magdalena laut und überzeugend. »Große rotkarierte Flügel!«
Da sah Frau Sieber plötzlich die neue rotkarierte Decke wieder vor sich, die sie erst kürzlich mit ihrem Mann gekauft hatte. »Klar!«, sagte sie und lachte. »Die habe ich auch gesehen!«
Und dann erinnerten sich immer mehr an die rotkarierten Flügel. Frau Sieber nickte lachend und dachte daran, dass sie heute Nachmittag unbedingt mit ihrem Mann darüber sprechen musste, dass diese rotkarierte Decke künftig immer zum Nikolaus gehören sollte.
Nach diesem Tag stand es ein für allemal fest, dass der Heilige auf seinem Pferd vom Himmel herunter kam. Schließlich hatten ja alle das Pferd mit seinen rotkarierten Flügeln gesehen und würden es nie mehr vergessen.

Die Geschichte vom Weihnachtslicht

Als die Engel den Hirten verkündet hatten, dass im Stall von Betlehem der König der Welt geboren worden war, da suchte jeder nach einem passenden Geschenk, das er dem Kind in der Krippe mitbringen wollte. Die Hirten liefen auseinander, verabredeten sich aber, dass sie sich nach kurzer Zeit treffen wollten, um gemeinsam zum Stall zu gehen, das Kind anzubeten und ihre Geschenke zu überbringen. Einer ein Schäfchen, ein anderer eine Kanne frischer Milch und ein dritter eine warme Decke. Unter den Hirten war aber auch ein Hirtenknabe. Der war bettelarm und hatte nichts, was er dem Kind schenken konnte. Traurig lief er zum Schafstall und suchte in dem winzigen Eckchen, das ihm gehörte, nach etwas, was er vielleicht doch mitbringen konnte. Aber da war nichts, was auch nur den Anschein eines Geschenkes hatte. In seiner Not zündete der Hirtenknabe eine kleine Kerze an und suchte in jeder Ritze und in jeder Ecke. Doch alles Suchen war umsonst.

Da setzte er sich endlich mitten auf den Fußboden und war so traurig, dass ihm die Tränen an den Backen hinunterliefen. So bemerkte er auch nicht, dass ein anderer Hirte in den Stall gekommen war und vor ihm stehen blieb. Er erschrak richtig, als ihn der Hirte ansprach: »Da bringen wir dem König der Welt alle möglichen Geschenke. Du aber hast das allerschönste Geschenk!«

Erstaunt blickte ihn der Hirtenknabe mit verweinten Augen an. »Ich habe doch gar nichts!«, sagte er leise.

Da lachte der Hirte und meinte: »Schaut euch diesen Knirps an!

Da hält er in seiner Hand eine leuchtende Kerze und meint, er habe gar nichts!«
»Soll ich dem Kind vielleicht die kleine Kerze schenken?«, fragte der Hirtenknabe aufgeregt.
»Ja!«, antwortete der Hirte. »Sie ist hell und macht warm.«
Da stand der Hirtenknabe auf, legte seine Hand schützend vor die kleine Flamme und machte sich mit den Hirten auf den Weg. Als die Hirten mit ihren Geschenken den Stall erreichten, war es dort kalt und dunkel.
Als aber der Hirtenknabe mit seiner kleinen Kerze den Stall betrat, da breitete sich ein Leuchten und eine Wärme aus, und alle konnten Maria und Josef und das Kind in der Krippe sehen. So knieten die Hirten vor der Krippe und beteten den Herrn der Welt an, das kleine Kind mit Namen Jesus. Danach übergaben sie ihre Geschenke. Der Hirtenknabe aber stellte seine Kerze ganz nah an die Krippe, und er konnte deutlich das Leuchten in Marias und Josefs Augen sehn.
»Das kleine Licht ist das allerschönste Geschenk!«, sagten die Hirten leise. Und alle freuten sich an dem schönen Weihnachtslicht, das sogar den armseligen Stall warm und gemütlich machte. Der Hirtenknabe aber spürte, wie in ihm selbst eine Wärme aufstieg, die ihn immer glücklicher machte. Und wieder musste er weinen. Jetzt weinte er aber, weil er sich so glücklich fühlte.

Mein Weihnachtsstern, der leuchtet weit

Text: Rolf Krenzer
Melodie: Detlev Jöcker

2. Wir schneiden bunte Sterne
aus Transparentpapier
und hängen sie am Fenster auf.
Sie leuchten dir und mir.

3. Aus Stroh die schönsten Sterne,
die bastel ich für dich.
Dann merkst du, bald ist Weihnachten
und freust dich sicherlich.

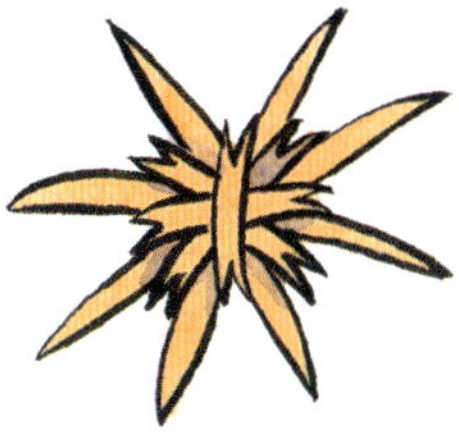

4. So viele Weihnachtssterne.
Es glitzert und es blinkt,
weil jeder Stern mit seinem Schein
die dunkle Nacht durchdringt.

5. Wir stechen Weihnachtsplätzchen
mit unsern Förmchen aus
und holen Weihnachtssterne aus
dem Backofen heraus.

6. Da freu'n sich alle Leute.
Der helle Weihnachtsstern
verkündet wieder Weihnachtsfreude
allen nah und fern.

Der Schornsteinfeger im Kindergarten

»Kommen Sie nur herein!«, sagt Frau Müller freundlich. »Wir haben mit unserer Faschingsfeier bereits angefangen. Und das wird für die Kinder eine ganz besondere Überraschung sein!« Sie schiebt den Schornsteinfeger vor sich her zum großen Turnraum im Kindergarten und überlegt dabei, wer sich wohl von den Vätern diese Überraschung ausgedacht hat.

Lauter Jubel empfängt sie. Ein richtiger Schornsteinfeger ist zur Feier gekommen. Frau Müller greift nach dem Akkordeon und spielt einen lustigen Tanz. Schon drehen sich die Kinder im Kreis und der Schornsteinfeger dreht sich mit ihnen.
»Ob es Silkes Vater ist?«, fragt sie leise Frau Schorn, ihre Kollegin. Frau Schorn schüttelt den Kopf. »Der sieht anders aus.«
»Oder Ullis Vater?«
»Ich kenne nur Ullis Mutter!«
»Ist auch egal«, lacht Frau Müller. »Jedenfalls hat sich ein Vater eine große Überraschung ausgedacht! Und die Kinder haben Spaß!«
Nach dem Tanz ist der Schornsteinfeger ganz außer Puste. Er muss sich einmal hinsetzen. Aber die Stühle im Kindergarten sind zu klein. Da setzt er sich einfach auf den Boden. Und die Kinder setzen sich rundherum.
»Jetzt erzähle uns eine Schornsteinfegergeschichte!«, betteln sie. Der Schornsteinfeger überlegt ein bisschen. Dann erzählt er wirklich eine Geschichte. Und noch eine dazu. Danach singen alle für ihn ein Schornsteinfegerlied. Nun bringen Frau Schorn und Frau Müller die Kinder-Bowle herein. Dazu gibt es Brötchen und heiße Würstchen. Da greift auch der Schornsteinfeger kräftig zu.

»Jetzt muss ich aber auf das Dach!«, sagt er schließlich.
Da lachen die Kinder laut. Und Frau Müller ruft: »Jetzt wollen wir aber auch alle wissen, wer Sie sind!« Sie blickt sich um. »Kathi, ist das dein Papa?« Kathi schüttelt den Kopf. »Stefan, vielleicht deiner?« Stefan verneint.

Da steht der Schornsteinfeger auf. »Ich habe gar keine Kinder!«, sagt er. »Ich bin nicht einmal verheiratet.« »Dann ist es aber ganz besonders nett, dass Sie zu uns gekommen sind«, lacht Frau Schorn. »Ich musste ja kommen!«, sagt der Schornsteinfeger. »Der Schornsteinfeger, der sonst immer kommt, ist krank.« Frau Müller ist ja so erschrocken. »Entschuldigen Sie bitte! Ich dachte, Sie kämen zu unserer Faschingsfeier!« – »Zuerst war ich etwas erstaunt!«, sagt der Schornsteinfeger. »Aber dann hat es mir richtig Spaß gemacht!« Er schlägt sich auf die Schenkel und lacht so laut, dass alle mitlachen müssen. »Wenn ich das meinen Kollegen erzähle«, sagt er schließlich noch immer außer Puste, »die glauben mir das nie!« Dann sagt er Frau Müller etwas ganz leise ins Ohr. Die wird auf einmal ganz rot. Aber sie nickt. Sie flüstert heimlich mit dem Schornsteinfeger. Kathi hat es trotzdem gehört.
»Der Schornsteinfeger will sich heute Abend mit Frau Müller treffen!«, brüllt sie. Gut, dass Frau Müller es nicht hört, denn sie zeigt dem Schornsteinfeger gerade, wie er am besten auf das Dach kommt. Und als sie zurückkommt, hat Frau Schorn bereits mit allen ein neues Lied angestimmt.

Quellennachweise

S. 12:
Wir feiern fröhlich Ostern.
Aus: Buch, CD und MC »Wir feiern fröhlich Ostern«.

S. 20:
Sag, Häschen, wo hast du die Eier versteckt.
Aus: »Auf einmal ist der Frühling da«.

S. 30:
Es weht um unsere Erde.
Aus: CD und Buch »Kommt wir feiern!«. Mit Kinderliedern durch das Jahr.

S. 36:
Wir feiern heute Sommerfest.

S. 48:
Der Zirkus Fantasie.
Aus: »Für das Leben wollen wir singen«, 1987

S. 52:
Was habt ihr denn geerntet?
Aus: Buch, CD und MC »Wir danken für die Ernte«.

S. 66:
Nebellied.

S. 68:
Sankt Martins Lied.
Aus: »Kommt alle und seid froh«, 1982

S. 72:
Knospen springen auf.
Aus: »Sei gegrüßt, lieber Nikolaus«.

S. 80:
Sei gegrüßt, lieber Nikolaus.
Aus: »Sei gegrüßt, lieber Nikolaus«.

S. 88:
Mein Weihnachtsstern, der leuchtet weit.
Aus: »Kleine Kerze leuchte«.